윤동주 동시화집

윤동주 동시화집

윤동주가 쓰고

경기대 학생들이 그리다

고요아침

—

하늘과 바람과 별 하나에 어머니, 어머니

이지엽

시인 · 경기대 교수

시인 윤동주(尹東柱)는 만주국 간도성 화룡현 명동촌에서 1917년 12월 30일에 태어났다. 일본 학업 도중 귀향하려던 시점에 항일운동을 했다는 혐의로 1943년 7월 일본 경찰에 체포되어 2년형을 선고받고 후쿠오카(福岡) 형무소에서 복역하다가 1945년 2월 16일 애석하게도 생을 마치고 말았다.

한국인이라면 누구나가 좋아하는 윤동주의 삶은 이처럼 너무 짧고 기구했다. 짧은 나이에도 불구하고 일제강점기의 어둡고 가난한 생활 속에서 누구보다 인간이 살아가는 삶과 고뇌에 대해 깊이 고민했고, 일제의 강압에 짓눌린 조국의 현실을 뼈속 깊이 사유한 철인이었다. 그는 명동학교 교원이었던 아버지 윤영석과 어머니 김용의 3남 1녀 중 맏아들로 태어났다. 그가 태어나기 석 달 전이었던 9월 28일, 친정에서 살던 고모 윤신영이 아들 송몽규를 낳았다. 고종사촌 관계인 윤동주와 송몽규는 그렇듯 한 집에서 태어나 후일 비슷한 시기에 세상을 떠나기까지 동반자가 되었다.

1931년 14세에 명동(明東)소학교를 졸업하고, 한때 중국인 관립학교인 대랍자(大拉子) 학교를 다니다 가족이 용정으로 이사하자 1933년 용정에 있는 은진(恩眞)중학교에 입학하였다. 1935년에 평양의 숭실(崇實)중학교로

전학하였으나, 신사참배 문제로 이 학교가 폐쇄당하여 다시 용정에 있는 광명(光明)학원의 중학부로 편입하여 거기서 졸업하였다. 1941년에는 서울의 연희전문학교(延禧專門學校) 문과를 졸업하고, 1942년 일본으로 건너가 도쿄에 있는 릿쿄(立敎)대학 영문과에 입학하였다가, 다시 도시샤대학(同志社大學) 영문과로 옮기기도 하였다. 그의 죽음에 관해서는 옥중에서 정체를 알 수 없는 주사를 정기적으로 맞은 결과이며, 이는 일제의 생체실험의 일환이었다는 주장도 제기되고 있다.

소년기의 윤동주는 내성적이면서도 의연했고 씩씩했다고 한다. 재봉틀로 해진 교복을 직접 고쳐 입었고 항상 책 속에 파묻혀 살면서 창작에 몰두했다고 한다. 1931년 윤동주는 송몽규, 김정우와 함께 인근 대랍자(大拉子)에 있는 중국인소학교 6학년에 편입하여 1년 동안 공부했는데, 그의 시 「별 헤는 밤」에 나오는 패(佩), 옥(玉), 경(鏡)과 같은 이름을 가진 소녀들을 이 시기에 만났을 것으로 추측된다.

경향신문 기자로 재직하고 있던 친구 강처중의 노력 덕택에 1948년 1월 30일 『하늘과 바람과 별과 시』 유고집이 발간되었다. 유진오의 『창(窓)』과 같이 정음사에서 발간된 이 책은 10권뿐으로 수제로 급히 만든 초라한 시집이지만 시는 형형히 빛나는 위대한 순간이었다.

강처중은 이 시집 발문에서 이렇게 썼다.

"이런 동주도 친구들에게 굳이 거부하는 일이 두 가지 있었다. 하나는 '동주, 자네 시 여기를 좀 고치면 어떤가.' 하는 데 대하여 그는 응하여 주는 때가 없었다. 조용히 열흘이고 한 달이고 두 달이고 곰곰이 생각하여서 한 편 시를 탄생시킨다. 그때까지는 누구에게도 그 시를 보이지를 않는다. 이미 보여주는 때는 흠이 없는 하나의 옥이다. 지나치게 그는 겸허, 온순하였건만, 자기의 시만은 양보하지를 않았다."

이 시집을 통해 알 수 있는 것은 우리가 알고 있는 「서시」의 제목이 「하늘과 바람과 별과 詩」라는 것이다. 「서시」로 잘못 알려지게 된 것은 이 시가 이 시집의 맨 처음 실리게 되어서 그리 된 것이다. 이 점은 그의 자필로 이 작품을 쓴 기록에서도 명확히 확인할 수 있다.

금년이 탄생 100주년이 되는 해라 여기저기서 그를 기리는 작업들이 많이 이루어지고 있다. 그렇지만 동시만을 대상으로 하나의 작업을 보여주는 경우는 없었다. 윤동주의 동시는 시 이상의 다양한 스펙트럼과 의미를 지니고 있어 충분히 조명해볼 가치가 있다고 판단된다.

실감실정實感實情이 살아 있는 동시

붉은 사과 한 개를
아버지 어머니
누나 나 셋이서

껍질 채로 송치까지
다아 나눠 먹었소.

─ 「사과」 전문

사과 한 개를 온 가족이 나눠 먹는 얘기를 적고 있다. 껍질을 깎고 부드러운 부분만을 먹어야하는데 "껍질 채로 송치까지" 먹었으니 얼마나 귀하게 먹었는지를 알 수 있다. '송치'라는 단어를 살려 쓴 것만 봐도 그가 얼마나 우리말의 묘미를 잘 살려 쓰고 있는지를 알 수 있다. '송치'는 북한어로 옥수수 이삭의 속 등을 말한다. 사과 가운데의 씨가 든 다소 거친 부분을 말하고 있다. 생활의 곤궁함에서도 서로 다투지 않고 사이좋고 나눠 먹는 모습에서 가족애의 단란한 모습을 느낄 수 있다.

넣을 것 없어
걱정이던
호주머니는
겨울만 되면
주먹 두 개 갑북갑북.

　　　　　　　－「호주머니」 전문

　호주머니가 있어도 넣을 것이 없던 가난한 시절이었다. 그런데 겨울이 되
면 추워서 손을 넣어야하니 그것만으로도 호주머니는 부산해진다. '갑북'은
평안도 방언으로 '가뜩'이란 뜻을 가지고 있다. 그런데 이를 중복하여 "갑북
갑북"이라고 쓰고 있는데 마치 주머니가 가득 차 움직이는 듯한 느낌을 구사
하고 있어 인상적이다. 이처럼 그는 동시를 쓰되 살아있는 실감실정의 동시
를 쓰고자 노력했음을 알 수 있다.

언어의 반복과 질감의 묘미

눈이
새하양게 와서
눈이
새물새물 하오.

　　　　　　　－「눈」 전문

　언어에 대한 반복과 동음이어에 관한 묘미를 살려 쓰고자 노력하고 있음
을 알 수 있다. 앞의 '눈'은 내리는 눈의 새하얀 모습을 잡아낸 것이고, 후자
의 '눈'은 보는 '눈'동자의 눈으로서 쌓여있는 새하얀 눈이 보기에 눈이 너무
부신 상태를 "새물새물"하다고 표현하고 있다.

민족과 조국에 대한 아픔

빨랫줄에 걸어 논
    요에다 그린 지도는
지난밤에 내 동생
    오줌 싸서 그린 지도

꿈에 가본 엄마 계신
    별나라 지돈가
돈 벌러간 아빠 계신
    만주땅 지돈가

– 「오줌싸개 지도」 전문

동생이 오줌을 싸서 그린 지도를 통해 두 가지를 말한다. 하나는 어머니가 벌써 세상을 뜨신 것이고 다른 하나는 아버지가 돈 벌러 만주 땅에 가셨다는 것이다. 1930년대 고향을 등지고 떠돌 수밖에 없는 디아스포라로서의 캄캄하고 고단한 심경을 이 동시를 통해서도 십분 읽어낼 수 있다.

세상을 따뜻하게 응시하는 순수함

가을 지난 마당을
    백로지인 양
참새들이
    글씨공부 하지요

짹, 짹,

입으론
　　　부르면서
두 발로는
　　글씨공부 하지요

하루 종일
　　글씨공부 하여도
짹자 한 자
　　밖에 더 못 쓰는 걸

　　　　　　　－「참새」 전문

　　윤동주 동시의 가장 큰 특징은 순수함이다. 어두운 질곡의 시대를 살아가
면서도 순수한 정신을 지니고 맑고 투명한 눈으로 세상을 바라보고 있는 의
연함에 숙연해지기까지 한다. 참새가 그렇게 쉴새 없이 "짹, 짹"소리를 내면
서도 한 자리에 있지 않고 부지런하게 들락거리는 모습을 입으로는 소리를
내고 "두 발로는 글씨공부"를 하는 모습으로 본 것은 재미있는 발상이 아닐
수 없다. 그렇지만 아무리 열심히 해봐야 "짹자 한 자 밖에 더 못" 쓴다고 핀
잔을 주고 있다. 시인은 아마도 겉만 그럴싸하게 꾸미고 속은 텅 빈 사람들
이나 시대상을 참새를 통해서 나타내고 싶어 했는지 모르겠다.
　　이 동시집의 그림은 현재 경기대학교 예술대학에 재학 중인 학생들이 참
여하였다. 예술대학원장이면서 서양화과에 재직 중인 박성현 교수가 일러스
트 등을 시의 내용에 맞게 지도하는 열의를 보여주어 이렇게 아름다운 책자
로 나오게 되었다. 이 동시들이 많은 이에게 읽혀 따뜻함을 전달하고 희망의
새싹을 틔우는 계기가 되었으면 좋겠다. 詩

차례

—

윤동주(尹東柱, 1917~1945)
—

"잎새에 이는 바람에도" 괴로워했던 시인. 일제강점기를 짧게 살다간 문학청년 윤동주를 기억하고자 합니다.

윤동주가 쓰고
경기대 학생들이 그리다

개 윤동주

눈 위에서 개가
꽃을 그리며 뛰오

거짓부리

유예담

거짓부리

윤동주

똑, 똑, 똑
문 좀 열어 주세요
하룻밤 자고 갑시다
----밤은 깊고 날은 추운데
---- 거 누굴까?
문 열어주고 보니
검둥이의 꼬리가
거짓부리 한 걸.
꼬기요, 꼬기요
달걀 낳았다.
간난아 어서 집어 가거라
----간난이 뛰어가 보니
----달걀은 무슨 달걀,
고놈의 암탉이
대낮에 새빨간
거짓부리 한 걸.

겨울
—
김하영

치마 밑에
시래기 다래미
바삭바삭
추어요.

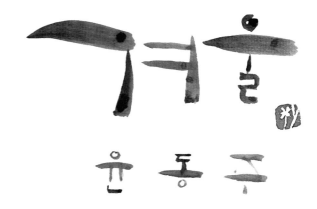

겨울*

윤동주

길바닥에
말똥 동그라미
달랑달랑
얼어요.

헌 짚신짝 끄을고
나 여기 왜 왔노
두만강 건너서
쓸쓸한 이 땅에

고향집
- 만주에서 부른

윤동주

남쪽하늘 저 밑에
따뜻한 내 고향
내 어머니 계신 곳
그리운 고향집

굴뚝
—
최윤선

산골짜기 오막살이 낮은 굴뚝엔
몽기몽기 웬일 연기 대낮에 솟나.

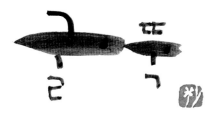

굴뚝

윤동주

감자를 굽는 게지 총각애들이
깜박깜박 검은 눈이 모여 앉아서
입술에 꺼멓게 숯을 바르고
옛이야기 한 커리에 감자 하나씩.

산골짜기 오막살이 낮은 굴뚝엔
살랑살랑 솟아나네 감자 굽는 내.

귀뚜라미와 나
—
원지은

귀뚜라미와 나와

윤동주 *

귀뚜라미와 나와
잔디밭에서 이야기했다

귀뜰귀뜰
귀뜰귀뜰

아무에게도 가르쳐 주지 말고
우리 둘만 알자고 약속했다

귀뜰귀뜰
귀뜰귀뜰

귀뚜라미와 나와
달 밝은 밤에 이야기했다

기왓장 내외

윤동주

비오는날 저녁에 기왓장 내외
잃어버린 외아들 생각나선지
꼬부라진 잔등을 어루만지며
쪼록쪼록 구슬피 울음웁니다.

대궐지붕 위에서 기왓장 내외
아름답던 옛날이 그리워선지
주름잡힌 얼굴을 어루만지며
물끄러미 하늘만 쳐다봅니다.

나무

최지원

나무
유동주

나무가
바람이 춤을 추면
나무가 잠잠하면
바람도 자오

눈
—
정초일

눈

윤동주

지난밤에
눈이 소복이 왔네

지붕이랑
길이랑 밭이랑
추워한다고
덮어주는 이불인가 봐

그러기에
추운 겨울에만 내리지

눈

윤동주

눈이
새하얗게 와서
눈이
새물새물 하오.

닭
—
송주희

닭 윤동주

닭은 나래가 커도
왜, 날잖나요

아마 두엄파기에
홀, 잊었나봐

둘 다
윤동주

바다도 푸르고
하늘도 푸르고

바다도 끝없고
하늘도 끝없고

바다에 돌 던지고
하늘에 침 뱉고

바다는 벙글
하늘은 잠잠.

마동이가 학교에서 돌아오다가
전봇대 있는 데서
돌짜기 다섯 개를 주웠습니다.

만돌이   윤동주

전봇대를 겨누고
돌 첫 개를 뿌렸습니다.
딱ー
두 개째 뿌렸습니다.
아뿔싸
세 개째 뿌렸습니다.
딱
네 개째 뿌렸습니다.
아뿔싸
다섯 개째 뿌렸습니다.
딱

다섯 개에 세 개...
그만하면 되었다.

무얼 먹고 사나
—
한서희

무얼 먹고 사나

윤동주

바닷가 사람
물고기 잡아먹고 살고

산골엣 사람
감자 구워먹고 살고

별나라 사람
무얼 먹고 사나.

반딧불
—
김나현

가자 가자 가자
숲으로 가자
반디불
달조각을 주으러
숲으로 가자.

윤동주
···그믐밤 반디불은
···부서진 달조각

가자 가자 가자
숲으로 가자
달조각 주으러
숲으로 가자.

버선본
—
이지혜

윤동주

버선본

어머니
누나 쓰다 버린 습자지는
두었다가 뭣에 쓰나요?

그런줄 몰랐더니
습자지에다 내 버선놓고
가위로 오려
버선본 만드는 걸.

어머니
내가 쓰다 버린 몽당연필은
두었다가 뭣에 쓰나요?

그런줄 몰랐더니
천 위에다 버선본놓고
침 발려 점을 찍곤
내 버선 만드는 걸.

병아리
—
박성현

'뾰, 뾰, 뾰,
엄마 젖 좀 주,'
병아리 소리

병아리

윤동주

'꺽, 꺽, 꺽,
오냐 좀 기다려,'
엄마닭 소리.

좀 있다가
병아리들은
엄마 품 속으로
다 들어 갔지요.

봄
—
오선주

봄   윤동주

봄이 혈관 속에 시내처럼 흘러
돌, 돌, 시내 가까운 언덕에
개나리, 진달래, 노오란 배추꽃

삼동을 참아온 나는
풀포기처럼 피어난다

즐거운 종달새야
어느 이랑에서나 즐거웁게 솟처라.
푸른 하늘은
아름아름 놓기도 한데...
─아아 젊음은 오래 거기 남아있거라

비행기
—
강미나

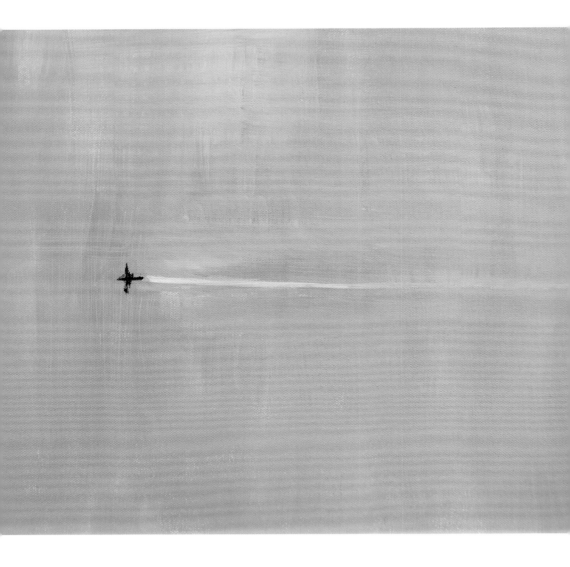

윤 동 주

머리에 프로펠러가
연장간 풍채보다
더— 빨리 돈다.

비행기

따에서 오를 때보다
하늘에 높이 떠서는
빠르지 못하다
숨결이 찬 모양이야.

비행기는—
새처럼 나래를
펄럭이지 못한다
그리고 늘—
소리를 지른다.
숨이 찬가 봐.

빗자루 윤동주

요리조리 베면 저고리 되고
이이렇게 베면 큰총 되지.
— 누나하고 나하고
— 가위로 종이 쏠았더니
— 어머니가 빗자루 들고
— 누나 하나 나 하나
— 엉덩이를 때렸소
— 방바닥이 어지럽다고
— 아아니 아니
— 고놈의 빗자루가
— 방바닥 쓸기 싫으니
— 그랬지 그랬어
괘씸하여 벽장 속에 감췄더니
이튿날 아침 빗자루가 없다고
어머니가 야단이지요.

사과
—
우세희

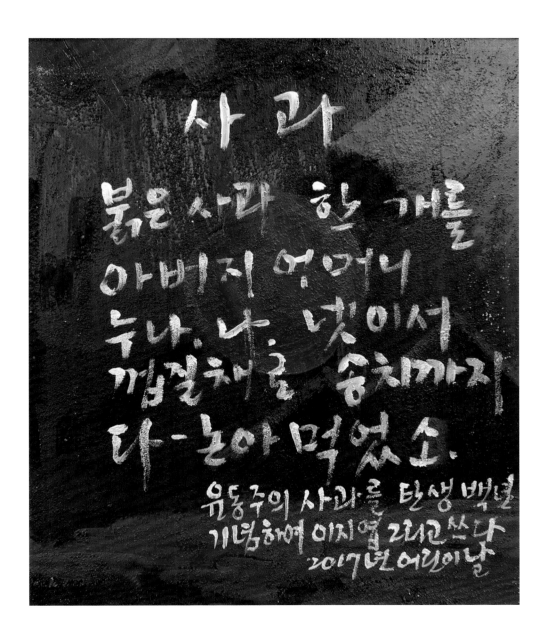

사 과

붉은 사과 한 개를
아버지 어머니
누나, 나, 넷이서
껍질채로 송치까지
다 - 논아 먹었소.

유동주의 사과를 탄생 백년
기념해여 이지엽 그리고 쓰다
2017년 어린이날

산울림
—
이다예

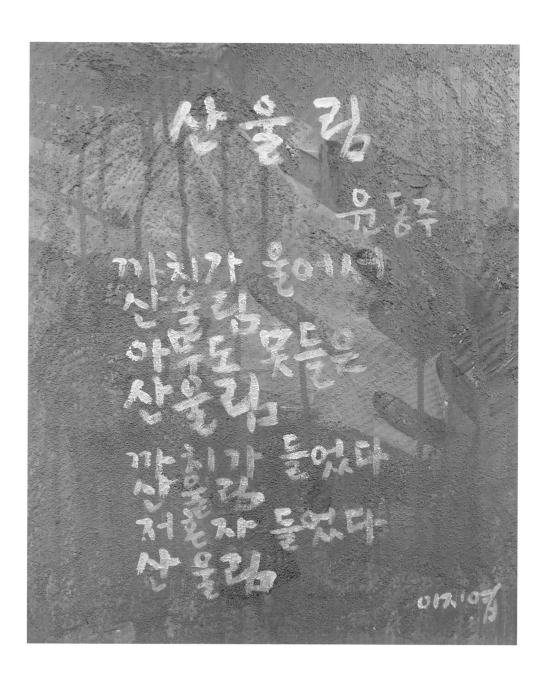

산울림

유동주

까치가 울어서
산울림 아무도 못들은
산울림

까치가 들었다
산울림 저혼자 들었다
산울림

애기의 새벽
—
정현지

애기의 새벽

윤동주

우리집에는
닭도 없단다
다만
애기가 젖달라 울어서
새벽이 된다

우리집에는
시계도 없단다.
다만
애기가 젖달라 보채어
새벽이 된다

오줌싸개 지도

윤동주

빨래줄에 걸어논
요에다 그린 지도는
　지난밤에 내 동생
　오줌 싸서 그린 지도

꿈에 가본 엄마 계신
별나라 지도가
　돈 벌러간 아빠 계신
　만주땅 지도가

아롱다롱 조개껍데기
울언니 바닷가에서
주어온 조개껍데기

여긴여긴 북쪽나라요
조개는 귀여운 선물
장난감 조개껍데기

조개껍질

윤동주

데굴데굴 굴리며 놀다
짝 잃은 조개껍데기
한 짝을 그리워하네

아롱아롱 조개껍데기
나처럼 그리워하네
물소리 바닷물소리.

참새

가을 지난 마당을
백로 지난 양

참새들이
글씨공부 하지요

짹, 짹,
입으로 부르면서
두 발로는
글씨공부 하지요

하루 종일
글씨공부 하여도
짹자 한 자 밖에
더 못 쓰는 걸

윤동주

바람부는 새벽에 장터 가시는
우리압빠 뒷자취 보구싶어서
춤을 발려 뚤려논 적은 창구멍
아롱아롱 아츰해 빛이 옵니다.

창구멍

윤동주

눈나리는 저녁에 나무 팔려간
우리압빠 오시나 기다리다가
헤 끝으로 뚤려논 적은 창구멍
살랑살랑 찬바람 날아옵니다.

편지
정하선

편지

윤동주

누나!
이 겨울에도
눈이 가득히 왔습니다.

흰 봉투에
눈을 한 줌 넣고
글씨도 쓰지 말고
우표도 붙이지 말고
말쑥하게 그대로
편지를 부칠까요

누나 가신 나라엔
눈이 아니 온다기에

탄생 百돌을 기념하여 이지역졌다

17 Umi Ko

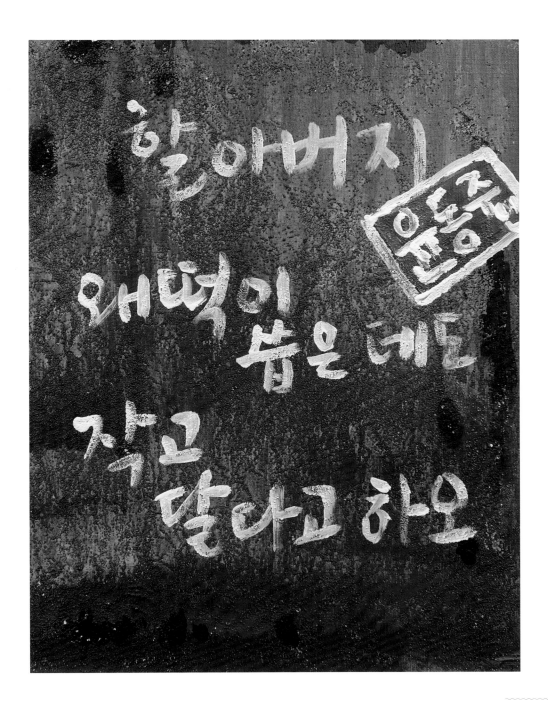

할아버지

애떡이 붐은 데도

작고 달라고 하오

해바라기 얼굴

—

고예지

해바라기 얼굴

누나의 얼굴은
- 해바라기 얼굴
해가 금방 뜨자
- 일터에 간다.

해바라기 얼굴은
- 누나의 얼굴
얼굴이 숙어들어
- 집으로 온다.

윤동주시인의 詩를 탄생백년을 기념하여
이지엽 쓰다

햇비
—
김보배

햇비

윤동주

아씨처럼 나린다
보슬보슬 햇비
맞아 주자 다 같이
옥수수대처럼 크게
닷자 엿자 자라게
― 햇님이 웃는다
― 나보고 웃는다.

하늘다리 놓였다
알롱알롱 무지개
노래하자 즐겁게
― 동무들아 이리 오나
― 다 같이 춤을 추자
― 햇님이 웃는다
― 즐거워 웃는다.

75

햇빛 바람
—
김계림

윤동수

손가락에 침 발러
쏘옥, 쏙, 쏙,
장에 가는 엄마 내다보려
문풍지를
쏘옥, 쏙, 쏙,

아침에 햇빛이 반짝,

손가락에 침발러
쏘옥, 쏙, 쏙,
장에 가신 엄마 돌아오나

문풍지를
쏘옥, 쏙, 쏙,

저녁에 바람이 솔솔.

햇빛 바람

호주머니

윤동주

넣을 것 없어
걱정이던
호주머니는,

겨울만 되면
주먹 두개 갑북갑북.

윤동주가 쓰고 **경기대 학생들**이 그리다

윤동주 동시화집

초판 1쇄 인쇄일 · 2017년 09월 27일
초판 1쇄 발행일 · 2017년 10월 13일

기   획 ㅣ 이지엽
지도교수 ㅣ 박성현
그린이 ㅣ 경기대학교 서양화과 학생들
펴낸이 ㅣ 노정자
펴낸곳 ㅣ 도서출판 고요아침
편   집 ㅣ 김남규

출판등록 2002년 8월 1일 제 1-3094호
03678 서울시 서대문구 증가로 29길 12-27 102호
전   화 ㅣ 02-302-3194~5
팩   스 ㅣ 02-302-3198
E - m a i l ㅣ goyoachim@hanmail.net
홈페이지 ㅣ www.goyoachim.com

ISBN 978-89-6039-296-0(03810)